I0686386

ELOGES

DES HOMMES ILLVSTRES

PEINTS EN LA GALLERIE

DV PALAIS ROIAL:

Par B. GRIGVETTE Aduocat
au Parlement de Dijon.

A DIION,

Chez PIERRE PALLIOT Imprimeur du Roy,

Et se vendent à PARIS,

Chez TOVSSAINT QVINET au Palais, sous la
montée de la Cour des Aydes.

M. DC. XLVI.

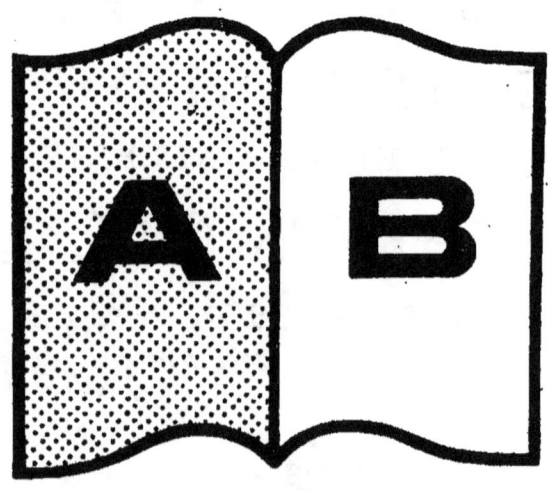

Contraste insuffisant

NF Z 43-120-14

Texte en surimpression

Illisibilité partielle

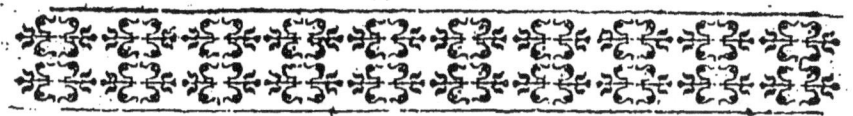

A LA REINE.

ADAME,

Ce petit ouurage que i'ose presenter à V.M. plus considerable en
la beauté de son sujet que par le me-
rite de son Autheur, laisseroit des preuues plus que suf-
fisantes pour me conuaincre de temerité, si l'excez de
voftre bonté ne seruoit d'azile à mes defauts pour me
mettre à couuert de ce crime sous sa protection ; l'ad-
uoüe que cette entreprise est trop grande à vn incon-
nu d'adresser à V.M. vn volume si mal poly que cet-
tuy-cy. Mais puis-qu'elle est en possession de ce Palais
Royal, ou les Pourtraits des Hommes Illustres qui ont
eu part à l'administration de l'Etat, charment les yeux
de ceux qui admirent leurs vertus, comme les vrays
ornements de la France ; l'ay creu que ie ne pouuois
presenter ces vers qu'à V. M. puisque parmy tant de
Grands persōnages que cinq siecles diuers ont fourny
à noftre Etat, les qualitez de voftre Esprit s'y font voir

A 2

fans pareilles, & voftre Pourtrait paroit en cette Galerie comme le Soleil entre les Aftres; mais comme les figures ou l'on imite la nature font beaucoup plus eftimables en leurs naifuetés, que par les embeliffemens que l'artifice inuente. I'efpere que les traits de cette peinture parlante, que l'eloquence n'a pas beaucoup enrichy feront agreables à V. M. puifqu'elle y verra fans deguifemét toutes les belles actions de ces fages Politiques que ce Genie de la France a choify comme des Miniftres sás reproche. Que fi ie fuis affés heureux de voir mon deffein agreé par la plus grande Reine de la terre, ie feray en forte de me furmóter moy mefme, afin de mieux reüffir à quelqu'autre fujet plus eftendu, & dont les diuerfités feront moins ennuyeufes à V.M. Cette pretention éleue mon deffein au comble de la gloire, n'y ayant aucune marque d'honneur dans le monde plus aduantageufe que cette qualité recherchée de tous les bons François.

MADAME,
       De

Voftre tres-humble tres obeiffant &
tres-fidel Sujet & Seruiteur,
B. GRIGVETTE,
Aduocat au Parlement de Dijon.

ELOGES
DES HOMMES ILLVSTRES
PEINTS EN LA GALERIE
DV PALAIS ROYAL·

HENRY IV. ROY DE FRANCE
ET DE NAVARRE.

SI ces braues Romains, ces vrays fou-
dres de Guerre
Ont reduit sous leurs loix presque tous
les mortels ;
Si l'Vniuers leur a consacré des autels,
Si leur bonne fortune a partagé là terre,
Ces superbes Vainqueurs de tant de nations
Dont on a publié les belles actions,
Ne regnent maintenant que dans la renommée,
Mais les Estats soubmis à nos Saliques loix
Ont veu les Successeurs d'vne gloire animée,
Depuis douze cens ans que la France a ses Roys.

A 3

Des riches Monumens que nous laiſſe l'Hiſtoire,
Ou la vertu produit ſes effets renommez,
I'emprunte la beauté de leurs traits animez,
Pour depeindre l'éclat d'vne immortelle Gloire,
Le courage, l'eſprit, l'equité, le pouuoir,
L'eloquente douceur, le conſeil, le ſçauoir
Triomphans du débris des fieres deſtinées,
Foñt reuiure en nos iours proche des Fleurs de Lis
Les illuſtres Heros de nos longues années,
Qne les rides du temps tenoient enſeuelis.

❈❈❈❈❈

Les ris de la Nature en la ſaiſon nouuelle,
Quoy que tous merueilleux par leur diuerſité,
N'ont pas tant d'ornement dans leur douce beauté,
Que cette ancienne Gloire a de charmes en elle,
Fourniſſant des objets à l'ardeur de mes Vers,
Capables de rauir ce pompeux Vniuers;
Ie ſerois interdit dans mon deſordre extreme,
Si les viues vertus de ces Pourtrais ſans prix
N'animoient mon Genie à me vaincre moy-meſme,
Pour dignement loüer ces genereux Eſprits.

Quel Parnasse pourroit animer les loüanges,
D'vn Roy dont les vertus dignes de mille Autels,
Troublent les demy-Dieux, & charment les mortels
Esbloüis d'vn éclat que reuerent les Anges?
Quel Prince a-on treuué-égalant sa Valeur?
Quel Cœur comme le sien a braué le malheur?
Dans les difficultez de sa iuste deffence,
Puisqu'vn Peuple opposé a son authorité,
Apres ses longs trauaux confesse que la France
A couronné l'Auteur de sa Felicité.

Ce Phenix renaissant du debris de sa Cendre,
Pour combattre en Soldat & vaincre en Potentat,
Chasse les Castillans du Corps de cet Estat,
Qui croyoient surmonter ce puissant Alexandre,
Les Ligueurs animez de leurs pretentions,
Comme vrays Boutefeux de nos diuisions,
Appuyoient leur bon-heur des progrez de leurs armes,
Arc, Iury, & Dijon trahissans leur espoir,
Deciderent le droit dans le choq des alarmes,
Acquis à nostre HENRY par les loix du deuoir.

Paris abandonné aux ardeurs volontaires,
D'vn Peuple reuolté sans Iustice, & sans Loy,
Ayant souffert la faim se rendit à son Roy,
Par la necessité des Conseils salutaires :
Ce triomphe suiuy de tant d'autres Citez,
Faisant perdre l'escrime aux Esprits irritez,
Deffit ce nouueau Monstre auorté de l'Espagne,
Amiens seruant d'objet a leurs braues Guerriers,
Fut le dernier butin de toute la campagne,
Dont la Ligue enrichit leurs caduques lauriers.

***

Lors que ces Conquerans hauts de leur victoire,
Croyoient déja tenir la France en leur pouuoir,
Nos Soldats animez d'vn genereux deuoir,
Prirent l'occasion de signaler leur gloire
En ce Siege important, ou l'orgueil abbatu
Fut contraint de ceder à la rare vertu
D'vn Alcide vainqueur le gain de cette Place :
Cette confusion les pressant desormais
A reparer le mal d'vne honteuse disgrace,
Ils choisirent Veruin, pour traiter de la Paix.

Nos

Nos Ennemis deffaits par arme & par prudence,
A peine la douceur de la tranquillité
Auoit-elle produit quelque felicité,
Apres vn mouuement si fatal à la France,
Qu'vn pretexte nouueau troublant nostre bon-heur
Par les subtilitez d'vn esprit suborneur
Dont l'objet coloré d'vne belle apparence
Monstroit à son abord vn visage d'amy,
Et dans ces sentimens vne vaine esperance
Déguisoit le venin d'vn visage ennemy.

❦❦❦❦❦

Vn ancien Marquisat acquis à nostre Prince,
Que cet vsurpateur se vouloit conseruer,
Fut le dernier sujet qui luy fit acheuer
Nos progrez fortunez aux frais de sa Prouïnce:
Ce Duc ayant formé vn party à la Cour,
Dont il se promettoit le fruit à son retour,
Vit la perte des siens, & sa peine inutile,
Pendant que les regrets préoccupoient son cœur,
De se voir sans Estats, il se monstra facile,
A receuoir la loy d'vn si braue Vainqueur.

B

HENRY le Triomphant, le Sage, l'Jnuincible,
Le Foudre de la Guerre, & l'Appuy de la Paix,
Songeant a reformer son Estat desormais,
Apres l'auoir sauué d'vne perte sensible,
Fit briller la Iustice aux esprits des François,
Ordonnant à chacun l'obseruance des loix,
Et le libre commerce au bien de nos Prouinces:
Il fut le Protecteur des Peuples oppressez,
L'amour de ses Sujets, & l'Arbitre des Princes,
Aux maux dont leurs Estats se voyoient menassez.

Quand le Pape à Venise eut declaré la Guerre,
Apres auoir par tout imploré du secours,
Il vit finir les maux qui trauersoient ses iours,
Par les soins de ce Prince Arbitre de la terre:
Les peuples Hollandois dés long temps reuoltez
Contre les Castillans, ouuertement portez
A les remettre au ioug d'vne dure contrainte,
Consentirent qu'HENRY prisse leur fait en main,
Comme Arbitre absolu sans faueur & sans crainte,
Pour accorder la Treue auec leur Souuerain.

Sa valeur le portant aux boüillantes alarmes,
Faisoit des-ja paslir l'Vniuers de frayeur:
Les Castillans atteints de crainte & de terreur,
Paroissoient abbatus au seul bruit de ses armes,
Si ce Monstre auorté du centre des Enfers,
Par vn crime inoüy n'eut mis la France aux fers,
Tuant d'vn coup fatal son support & sa vie,
Auroient veu dans le temps d'vn Regne de douceur,
Perir honteusement les enfans de l'Enuie ;
Mais ces iustes desseins sont pour son Successeur.

MARIE DE MEDICIS
REINE DE FRANCE,
FEMME DE HENRY LE GRAND.

PARMY *tant de vertus dont cette grande*
Reine,
A charmé puissamment les solides esprits,
Sa liberalité seule emporte le pris,
Puisqu'elle a triomphé d'vne apparence humaine:
Femme d'Henry le Grand la gloire des François,
Regente de Louys & Mere de trois Roys,
Sont les titres d'honneur communs à sa memoire ;
Ses iours furent meslez d'espines & de fleurs,
Et la fin de son sort m'apprend par son histoire,
Que les plus doux plaisirs sont suyuis de douleurs.

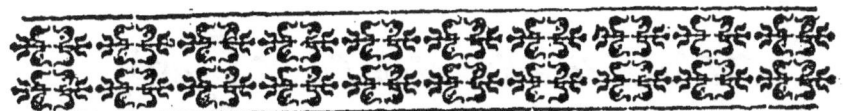

LOVIS XIII.
ROY DE FRANCE
ET DE NAVARRE.

I la diuersité donne lustre à l'histoire,
Si le nombre infiny des belles actions,
Anime puissamment nos inclinations
A loüer hautement le merite & la gloire:
LOVIS comme vn Soleil entre tant de Grands Roys,
Brillant par ses vertus aux esprits des François,
Fait resonner par tout l'excez de ses loüanges,
Confus au seul penser d'vn sujet si charmant,
Capable d'occuper le langage des Anges,
L'ardeur cede à l'effort de mon estonnement.

B 3

Mais les diuersitez d'vn sujet si auguste,
Inuitent mon Genie, & portent mon esprit
Dans ce doux entretien qui charme mon escrit,
D'arrester ma pensée à ce beau nom de IVSTE:
Proteger puissamment les Peuples oppressez,
Pratiquer les conseils des esprits mieux sensez,
Faire teste à l'erreur, chastier les rebelles,
Recompenser les bons, punir les vicieux,
Esteindre le brazier des factions nouuelles,
Sont les iustes effets de ses soins glorieux.

※ ※ ※ ※ ※

Il dispose de Mars, il accroche Neptune,
Il sçait punir l'orgueil des esprits mutinez,
Il fait voir sa prudence aux desseins ordonnez,
Il tient entre ses mains l'Honneur, & la Fortune :
Il sçait brider les flots auec iugement,
Et domter les Anglois sur l'humide Element,
Il remet la Rochelle à son obeissance,
Il nous cherit en Pere, & regne en Potentat,
Il soubmet l'Heresie aux traits de sa puissance,
Pour se rendre absolu au corps de son Estat.

Si la rebellion que forma l'Heresie,
Esloignoit les Sujets des termes du deuoir,
Animé du succez d'vn absolu pouuoir,
Il étouffe l'effet de cette frenaisie,
Si les cœurs opposez à son authorité,
Ont fait lancer les traits de leur temerité,
Par les desseins ouuers à l'injuste licence,
Il met fin à ce mal par les punitions,
Des autheurs ennemis du repos de la France,
Funestes boutefeux de nos diuisions.

Il fait perdre l'escrime aux plus puissans Genies,
Par les frequens succez de ses coups fortunez,
Esuanter les desseins des Peuples bazanez,
Matter leur vanité, vaincre leurs tyrannies,
Sont les fameux effets que produit sa valeur:
Il nous comble de ioye, il bannit le malheur,
Il est l'amour des siens, & la terreur du monde,
Le puissant Protecteur de tous ses Alliez,
Tousiours Victorieux sur la terre & sur l'onde,
Tenans des Castillans les cœurs humiliez.

L'Italie a senti les efforts de ses armes,
Il a conquis Mantoüe, Il a vaincu Cazal,
Et banni du Piedmont l'ineuitable mal
Qu'auoit produit l'effet des boüillantes alarmes,
Il a repris Turin & remis son Eſtat
Au pouuoir de son Prince, ayant pouſsé l'eſclat
De ses rares vertus iuſques dans l'Allemagne,
Il fournit le moyen aux Princes Electeurs,
De pouuoir s'affranchir du cruel ioug d'Eſpagne,
Pour viure en liberté sans ses bons Protecteurs.

Vn Alcide vainqueur vny à noſtre France,
Apres la mort d'vn Roy triomphant parmy nous,
Soubmit toute l'Alsace aux efforts de ses coups,
Et Brisac l'imprenable aux traits de sa puiſsance:
La Lorraine reçoit les loix de son Vainqueur
Et les Peuples voisins des-ja tremblent de peur
Des fortunez progrez de noſtre Grand Monarque,
Malgré les vains efforts d'vn party suborneur,
Auant que de tomber au pouuoir de la Parque,
Dieu comble ses desseins d'vn excez de bon-heur.

Arras

Arras comme l'objet de nos grandes Conquestes,
Succombe à la valeur de nos braues Guerriers ;
L'Espagne qui vantoit des caduques lauriers,
Dont ses anciens Heros auoient couuert leurs testes,
Voit nos gens triompher dans ses propres Pays,
Ses Soldats abbatus, ses Estats enuahis,
Et la diuision regner dans ses Prouïnces,
L'Jnuincible LOVIS soulageoit notre sort,
Et forçoit l'Empereur a restablir les Princes,
Dans leurs anciens Estats sans le coup de la mort.

❦❧❦❧❦❧

Fauorable Lecteur qui cheris la memoire,
Des solides vertus de nos braues François,
Pardonne mon deffaut, si ie n'ay cette fois
Parlé de ce Grand Roy dans l'ordre de l'Histoire :
Ce copieux sujet dans sa prolixité,
M'auroit fait abuser de ta facilité,
Et changé le dessein de ce petit Volume,
Destiné seulement aux Eloges diuers,
Que ces anciens Heros ont fourny a ma plume,
L'ayant traité ailleurs sois content de ces Vers.

C

ANNE D'AVTRICHE
REINE REGENTE.

CEtte Reine l'honneur, & l'amour de la France,
Les delices du peuple, & l'appuy des François,
Fille, femme, Germaine, & Mere de Grands Roys,
Vnique en sa bonté, non pareille en prudence,
Dans le triste sujet de nos iustes douleurs,
A produit vn Soleil qui fait cesser nos pleurs,
Et qui vient parmy nous commancer sa carriere,
Sa naissance l'esleue au throsne, quoy qu'en fait
Il est dans son matin tout brillant de lumiere,
Et dans son nouueau Regne on le voit triomphant.

✧❀✧❀✧

Sous les auspices heureux que le Ciel nous enuoye,
Apres auoir languy parmy les desplaisirs
Nous esperons de voir accomplir nos desirs,
Et combler nos saisons d'vne solide ioye,
Sa bonté nous promet qu'vn autre euenement,
Produira les effets d'vn siecle plus charmant,
Ou nous verrons perir le Demon de la Guerre,
Et qu'elle fera luire vn Astre desormais,
Capable d'esbloüir les Princes de la terre,
Qui nous ramenera les douceurs de la Paix.

SVGER ABBÉ DE SAINCT DENIS,

SOVS LOVIS VI. ET VII. ROYS DE FRANCE.

CEluy dont les vertus authorisent ma plume,
Et qui sert le premier d'objet à cet escrit,
T'inuite (cher Lecteur) a porter ton esprit,
Au solide entretien de ce petit Volume:
Il vesquit sous deux Roys, & sa fidelité
Laisse le souuenir à la posterité,
D'vn signalé seruice important aux deux Princes,
Lors que ce bon François par ses soins glorieux,
Employé iustement au bien de nos Prouinces,
Garentit cet Estat de quelques factieux.

※§※※§※※§※

L'honneur, la probité, l'adresse, l'eloquence,
La sagesse, la foy, le cœur d'vn Potentat,
N'ont fait vn composé de cet homme d'Estat,
Que pour eternifer le renom de la France,
Son absolu pouuoir conforme à ses desirs,
Dissipe la frayeur, calme les desplaisirs,
Il domta les Anglois par prudence & par armes,
L'Eglise a releué son merite, & son sort,
La Cour a publié son nom dans les allarmes,
Et le corps de l'Estat a regretté sa mort.

C 2

SIMON COMTE DE MONTFORT,

SOVS PHILIPPE AVGVSTE.

Desja la Verité à la rage exposée
Des Monstres reuoltez, eschappez des Enfers,
Paslissoit sous le ioug des chaines & des fers,
De l'erreur Albigeoise a l'Eglise opposée,
Si ce braue Montfort par sa rare valeur,
N'eust employé son bras en ce commun malheur,
Comme fit Alexandre aux Temples de l'Asie,
Coupant le nœud fatal qui boucloit les Autels:
Vn Pape l'a nommé Vainqueur de l'Heresie,
Puisqu'il a fait creuer la peste des mortels.

❊❊❊❊

    Raymond sentit les traits de l'effort de ses armes,
Tholose fut l'objet de ses fameux lauriers,
Vn Concile le loüa dans ses exploits Guerriers,
Son courage fut digne & d'honneur, & de larmes,
Le calme succeda a l'orage passé,
Et les maux dont l'Estat s'estoit veu menacé,
Cesserent à ce coup sous vn Monarque Auguste;
Le Soleil qui sembloit se cacher dans les Cieux,
Irrité des forfaits de cette Secte iniuste,
Parut en ce succez plus charmant à nos yeux.

Ce Conquerant sceut bien faire perdre l'escrime,
A la rebellion des Peuples mutinez,
Son courage força ces Demons obstinez,
De chercher quelque azile à l'horreur de leur crime,
L'inique nouueauté de ces mauuais François,
Par tant de bons succez eust esté aux abois,
Et ce foible mensonge eust perdu sa puissance,
Si l'effet iournalier d'vn bigearre destin,
Fatal à son party, heureux à sa prudence,
N'eust honnoré sa mort d'vne si belle fin.

GAVCHER DE CHASTILLON,

SOVS PHILIPPE LE BEL, LOVIS HVTIN, ET PHILIPPE LE LONG.

Les vains déguisemens de la cajollerie,
Ne treuuent point de place aux Eloges d'honneur,
Qu'on doit à la vertu de cet homme de cœur,
Premier Maistre de Camp de la Cauallerie.
La France a recognu sa noblesse, & son rang,
Le camp des Ennemis arrousé de son sang,
S'est veu souuent courbé sous le char de sa gloire,
Il fut des innocens le fidel protecteur,
Son zele merueilleux fait cherir sa memoire,
Et son rare merite interdit le flatteur.

Qu'vn Ministre a d'hôneur lors qu'il reigle l'Empire,
Aux maximes d'Estat que prescrit la Vertu,
Il voit les factieux en desordre abbatu,
Le iuste paruenir au but ou il aspire,
Ses desseins animez d'vn solide conseil,
Font fleurir son Estat on le croit sans pareil,
Son esprit se conforme aux loix de la prudence,
Nostre Alcide loüable en sa fidelité,
Prenant soin d'vn posthume hors de toute euidence,
Maintient l'Estat en paix par son authorité.

BERTRAND DV GVESCLIN CONESTABLE,
SOVS CHARLE V. DIT LE SAGE.

Pres qu'vn de nos Roys par son triste seruage,
Funeste boutefeu de tant d'emotions,
Eust fourny de pretexte à nos seditions,
Pour exposer la France aux rigueurs d'vn carnage,
Guesclin restaurateur de l'Estat affligé,
Prenant le fait en main d'vn Monarque outragé,
Range a les factieux à son obeissance,
Et lors que ces esprits sembloient plus eschauffez,
Dans les confusions d'vne iniuste licence,
On vit par son pouuoir ces braziers estouffez.

Son merite le mit au rang des Conneſtables,
Sa vertu luy acquit la faueur de ſon Roy,
Deux Princes reuoltez eſpreuuerent ſa foy,
Au temps ou l'on croyoit ſes armes redoutables,
Il fut l'amour du Peuple, & l'honneur des Guerriers,
On le vit comme vn Mars tout couuert de lauriers,
Sa valeur ſecondant l'adreſſe de ſon Maiſtre,
Dont les ſages projets ont eſté ſans pareils,
Domta ſes Ennemis, faiſant tous deux renaiſtre,
L'ordre, & la liberté par armes, & par conſeils.

* * *

Vne Reine ſoubmiſe à la rigueur des Parques,
Par la rage exceſſiue, & l'inhumanité
D'vn Monſtre de nature en ſon impieté,
Que la Caſtille met au rang de ſes Monarques,
Fait naiſtre le deſſein au fils de la Valeur,
De vanger promptement la ſenſible douleur,
D'vn outrage commis a cet ame innocente:
Ce Tyran deſnué de force & de bon-heur,
Chaſſé de ſes Eſtats par ſa troupe puiſſante,
Abandonne aux regrets ſa vie & ſon honneur.

Le pouuoir a deſtruit l'iniuſte violence,
L'honneur a triomphé d'un temeraire effort,
La vengeance a conduit l'iniuſtice à la mort,
La valeur a matté l'orgueil & l'inſolence,
L'ennemy abbatu n'a ny force, ny cœur,
La Caſtille reçoit la loy de ſon Vainqueur,
Henry regnant au lieu de ce Prince homicide,
Quoy que Victorieux en deux rudes combats,
Doit ſon ſceptre au ſecours de noſtre braue Alcide,
Que la Fortune ayma meſme iuſqu'au treſpas.

OLIVIER DE GLISSON AVSSI CONESTABLE,

SOVS CHARLES VI.

NOs yeux ſouuent charmez d'vne belle apparence,
Careſſent des objets autheurs de nos ennuis,
Le beau temps nous produit plus de fleurs que de fruits,
Vn ſoudain changement trahït noſtre eſperance,
Gliſſon iadis l'appuy des armes, & des loix,
Auroit ſeruy d'exemple aux plus braues François,
Par ſes rares vertus compagnes de ſa vie,
Si d'vn Prince eſtranger dont il fut adopté,
Jl n'euſt pris la querelle auſsi bien que l'enuie,
Par vn reuers ſenſible à ſa fidelité.

Jl

Il vesquit sous vn Roy dont le ieune courage
Promettoit des effets dignes de sa Vertu,
Ses principes heureux par l'effort abbatu,
Des iniques autheurs d'vn populaire outragé,
Faisant apprehender aux voisins Ennemis,
De voir vanger sur eux tant de forfaits commis;
Sur des pretentions autant vaines qu'injustes,
Mais vn euenement qui troubla sa raison,
Fit perir les succés de nos desseins Augustes,
Et punit son vassal d'vn mal sans guerison.

IEAN LE MAINGRE DIT BOVCICAVT

MARESCHAL, SOVS LE MESME ROY.

LE Soleil paroit beau sortant du sein de l'onde,
Le repos est plus doux apres des longs trauaux,
Nous aymons la santé opposée à nos maux,
La paix est profitable aux desordres du monde,
Il n'est rien de parfait sans l'inegalité:
Ce regne malheureux ou la fatalité
Sembloit ternir l'esclat d'vne gloire animée,
Produit ce Mareschal sous vn siecle de fer,
Afin que sa vertu iointe à sa renommée,
Reparast à l'Estat ce dommage souffer.

D

La France dont l'ardeur auoit poussé ses armes
Aux extremes climats des lieux plus escartez,
Voyoit dès ce temps là les Barbares domtez,
Sans le soudain trépas d'vn Roy digne de larmes,
Tous ses braues Guerriers sous le faix abbatus,
D'vn grand nombre opposé à leurs rares vertus,
Cederent aux efforts d'vne troupe infidelle,
Boucicaut destiné a receuoir la mort,
Eust esté d'vn Tyran la victime cruelle,
Si vn Prince du Sang n'eust fait changer son sort.

Le Ciel qui fut tous-jours protecteur de la France,
Ne tira du peril cet esprit genereux,
Que pour seruir de chryse à son sort malheureux,
Dans les diuisions qui choquoient sa puissance,
Les desordres du temps sont tesmoins de sa foy,
Il a tous-jours suiuy le party de son Roy,
On ne vit point son cœur complice des menées
Que l'animosité fomentoit parmy nous,
Au salut de l'Estat occupant ses iournées,
La plaine d'Azincour fut l'objet de ses coups.

IEAN COMTE DV DVNOIS,
SOVS CHARLE VII.

SErpens couuerts de fleurs, fils de l'insuffisance,
Dont la fausse maxime abuse les esprits,
D'vn prouerbe d'erreur auorté du mespris,
Qui priué de vertus la fatale naissance,
Venez voir triompher des escadrons Anglois,
L'inuincible Valeur de ce braue Dunois,
Que la France reuere ainsi qu'vn autre Alcide,
Son zele merueilleux & sa fidelité
Opposéz aux efforts d'vne troupe homicide,
Eternise son nom à la posterité,

Celuy que les Destins firent naître d'vn crime,
Exposé pour l'Estat a l'horreur du trépas,
Se porte auec honneur dans le choq des combats,
A maintenir le droit d'vn Prince legitime;
Les desordres sanglans de tant de factions,
Les funestes succez de nos diuisions
Ne peuuent esbranler ce courage inflexible,
L'interest de son Roy preoccupe son cœur
Aux outrages du siecle il se monstre sensible,
Dans sa iuste querelle il est touf-jours vainqueur,

D 2

Les Eloges d'honneur que nous laisse l'histoire,
D'vne simple Pucelle en sa rare vertu,
Animant les effets d'vn pouuoir abbatu,
Esleue ce Guerrier au comble de la Gloire,
Cette Fille sans qui nos efforts estoient vains,
Faisant perdre l'escrime aux plus sages mondains,
Faussement esclairez de l'humaine prudence,
Cogneut de cet Heros sa valeur & sa foy,
Qui ne repugna point dans son experience,
A ses sages aduis pour le bien de son Roy.

Les funestes braziers consommants nos Prouinces,
Par la rebellion des Peuples mutinez,
Orleans assiegé, nos Païs butinez,
Du public interest le pretexte des Princes,
Pour mieux lancer les traits de leur temerité
Vont redoublant l'esclat de sa fidelité
Aux efforts estrangers, en la Guerre ciuile
La France a reueré sa Valeur & son nom,
Le Roy l'a fait premier Comte de Longueville,
Dont son Successeur garde & la gloire, & le nom.

IEANNE D'ARC
NOMMÉE LA PVCELLE D'ORLEANS,
SOVS LE MESME ROY.

APres tant de malheurs, d'aduentures tragiques,
Tant de diuisions, de carnage, d'horreur,
D'esprits abandonnez, aux maximes d'erreur,
De meurtres, de poisons, de funestes pratiques,
Vn Roy iniustement chassé de ses Estats,
Ses Sujets opprimez au gré des Potentats,
Et la France soubmise à la force Estrangere,
Le pouuoir infiny qui fait rouler les Cieux,
Par l'impreueu secours d'vne simple Bergere,
Remplit en vn moment de prodiges nos yeux.

※※※※※

Lors que le desespoir occupoit nos pensées,
Que l'Anglois triomphoit au milieu de Paris,
Vn prompt euenement changea nos pleurs en ris,
Bannissant les Objets de nos douleurs passées,
Elle vient dans le Camp domter nos Ennemis,
Le rebelle est puny de ses crimes commis,
Orleans affranchy de perils, & de craintes,
Monstre que Dieu choisit la mesme infirmité,
Dans les pressans assauts des plus rudes atteintes,
Pour confondre la force & la temerité.

D 3

Le courage, l'honneur, la vertu, la fortune
Animants les desseins de cette ame sans fard,
Aux belliqueux trauaux la portent sans esgard,
De son sexe timide à l'ardeur non commune,
Que la valeur fait naître aux plus braues Soldats,
Son adresse paroît au milieu des combats,
On l'a voit commander à nos troupes armées:
Son zele, sa bonté, sa douceur, son pouuoir
Laissent l'estonnement à nos ames charmées,
De ses faits merueilleux qui passent le sçauoir.

Que la simplicité produise vne Amazone,
Qu'on voye dans vn Camp briller la Chasteté,
Qu'vn Sexe irresolu soit dans la fermeté,
Qu'vne Fille à vn Roy mette en main la Couronne,
Sont les traits merueilleux de l'ouurage des mains
De celuy qui preside au destin des humains,
Par les secrets ressors de sa toute-Puissance:
On ne sçauroit nier que ce Diuin secours
N'ait mis en liberté les peuples de la France,
Prests à voir éclipser les plus beaux de leurs iours.

La perſecution de la rage ſuyuie,
L'inſatiable ardeur d'opprimer l'innocent,
Les criminels deſirs d'vn Ennemy preſſant,
Monſtrent que la Vertu n'eſt iamais ſans enuie,
Celle qui reſtaura l'Eſtat auec honneur,
Qui reſtablit la France en ſon premier bon-heur,
Combattant ou le ſceptre eſt interdit aux femmes,
Par ceux dont elle auoit procuré le malheur,
Receut le coup fatal de la mort dans les flames,
Apres auoir ſi bien ſignalé ſa Valeur.

GEORGE D'AMBOISE CARDINAL,
SOVS LOVIS XII.

QV'vn Prince ſoit nourry dans le bruit des alarmes,
Qu'il ſurpaſſe en valeur la vertu des Ceſars,
Que l'Vniuers l'honnore ainſi qu'vn autre Mars,
Que par toute la terre on redoute ſes armes,
S'il n'eſt pas appuyé d'vn ſolide conſeil,
On le verra l'objet du meſpris ſans pareil,
Accablé de malheurs deſnué d'aſſiſtance,
La ſageſſe, l'honneur, l'equité, le ſçauoir,
Font paroiſtre vn Prelat qui reſtaure la France,
Par ſes ſoins animez d'vn abſolu pouuoir.

Les fortunez progrez d'vne iuste querelle,
Dont les euenemens abandonnez au sort,
Nous faisoient conquerans sans conseil, sans support,
Payerent nos trauaux d'vne fin criminelle,
Mais lors que ce Prelat par des ressorts secrets,
Mit au iour les effets de ses desseins discrets,
Les Alpes commencerent a craindre sa puissance,
Gennes, Bresse, & Milan mettant les armes bas,
Espreuuerent d'abord les traits de sa licence,
D'ou nasquit le succez de nos aspres combats.

༺ ❀ ❀ ❀ ༻

Tant de Partis formez estonnoient l'Italie,
Les Princes diuisez en douze factions,
Fomentoient le sujet de leurs afflictions,
Dans l'excessiue ardeur d'vne vaine folie,
Tantost les vns vouloient obeir aux François,
Les autres desireux de viure sous leurs Loix,
Se mettoient en deuoir d'empescher nos conquestes,
Amboise triomphant de ces lasches esprits,
Qui preuoient tomber l'orage sur leurs testes,
Descouurit aysement leur projets entrepris.

Nostre

Noſtre Eſtat fortuné eſtoit exempt de craintes,
Aux ſuccez glorieux de nos deſſeins diuers,
Si le coup de la mort qui deſtrait l'Vniuers,
N'euſt aduancé trop toſt le ſujet de nos plaintes?
Ce Cardinal preſſe d'vn mal ſans gueriſon,
Qui luy rauit ſoudain la force & la raiſon,
Trainant noſtre bon-heur auec ſa perſonne,
Finir par ſon treſpas ſes iours & nos plaiſirs,
Heureux ſi dans les ſoins d'vne triple couronne,
L'eſclat des vains honneurs n'euſt charmé ſes deſirs.

LE CHEVALIER BAYARD,
SOVS LES MESMES ROYS CHARLES VIII.
ET LOVIS XII.

LE zele de l'Eſtat, l'amour de la Patrie,
Dans les tendres excez de nos affections,
Charment ſi puiſſamment nos inclinations,
Qu'on prend ces doux tranſpors pour quelque idolatrie:
Ie crois que la nature en nous mettant au iour,
Imprime en nos eſprits ces ſentimens d'amour,
Et que la raiſon meſme authoriſe ces flames:
Bayard l'honneur de France, & l'appuy des Guerriers,
Monſtre bien que ces feux operent dans nos ames,
Puis qu'ils luy ont acquis de ſi fameux lauriers.

E

L'Italie a senty les traits de son courage,
L'Espagne a reueré son merite & son nom,
Les François glorieux d'vn si fameux renom,
Ont conserué l'honneur qu'il leur laissa pour gage,
Son aymable douceur à charmer les espris,
Sa prudente conduite aux desseins entrepris,
Nous tracent le pourtrait d'vn homme incomparable,
Mais ce qui l'eternise à la posterité,
C'est l'action d'honneur aux vaincus fauorable,
Ou Bresse recogneut sa liberalité.

L'Ordre des Cheualiers de marque & de naissance,
Dont nos Roys ont voulu honnorer leurs Guerriers,
Pour seruir d'ornement à leurs fameux lauriers,
Et aux pompeux esclats des traits de leur puissance,
Comme vn prix fortuné, ou la rare valeur
Porte les plus hardis à brauer le malheur,
Au milieu des perils des plus chaudes alarmes,
Bayard gardant le nom de Cheualier François,
Receut tout triomphant en faueur de ses armes,
Ce glorieux Collier de la main de son Roy.

Ce Prince malheureux, cette ame abandonnée,
Aux bigearres desirs de l'infidelité,
Dans les traits plus ouuerts de sa temerité,
Qui vit mourir sa gloire au crime destinée,
Voyant d'vn coup fatal nostre Hercule abbatu,
Fut touché de douleur pour sa rare vertu,
Mais ce braue Soldat qu'on ne vit iamais craindre,
Mesprisa la pitié de ce perfide amy,
Disant qu'au lict d'honneur il n'estoit pas à plaindre,
Puis qu'il mourroit les yeux tournez vers l'Ennemy.

GASTON DE FOIX,
SOVS LOVIS XII.

Gaston aduantagé d'vne illustre naissance,
D'vn courage animé de belles actions,
Qui l'ont fait redouter de tant de Nations,
Par des heureux succez dignes de sa puissance,
Merite d'auoir part aux Eloges d'honneur,
Que l'histoire consacre aux vertus, au bon-heur,
De ceux à qui l'Estat doit sa bonne fortune:
L'Italie est l'objet de ses exploits guerriers,
On l'a veu triompher sur les flots de Neptune,
Ou les sanglants combats l'ont couuert de Lauriers.

Contemplons cet Heros comme vn Foudre de guerre
Se ruer sur les corps des Escadrons armez,
Dans l'excessiue ardeur de ses soins animez,
Il les escarte tous au bruit de son tonnerre:
Les Ligues, les Parties des esprits mutinez,
L'infortuné secours des peuples bazanés,
Vertement opposé à l'esclat de sa gloire,
Ne luy peuuent rauir par leurs rudes efforts
L'aduantage, & l'honneur d'vne belle victoire
Où Rauenne est tesmoin du grand nombre de morts.

Lieu fatal à l'Estat, ville digne de larmes,
Infortuné Païs, triste objet de nos pleurs,
Ou ce braue Gaston source de nos douleurs,
Finit sa destinée au triomphe des armes:
Rauenne que ton nom presage à l'aduenir,
De sensibles regrets puis que le souuenir
De ce coup impreueu va troublant nostre gloire,
Son Prince eut bien raison apres ce rude effort,
D'abandonner l'honneur d'vne telle victoire,
Pour cet Enfant de Mars que luy rauit la mort.

IEAN DE LA TRIMOVILLE
GOVVERNEVR DE BOVRGONGNE,
SOVS LOVIS XI. CHARLES VIII. LOVIS XII. ET FRANCOIS I.

CEt Astre radieux qui sort du sein de l'onde,
Pour esclairer la terre, & charmer nos espris,
Souuent en son midy tient nos sens tout surpris,
Quand la noire vapeur semble l'oster au monde:
Mais lors que ses effets pleinement dissipez,
Ont cessé d'obscurcir nos yeux préoccupez,
Son aymable clarté triomphe du nuage :
Ainsi le vertueux dont les iours trauersez
De funestes malheurs, apres vn long orage
Voit les marques d'honneur de ses trauaux passez.

La Trimoüille opposé à ces Foudres de guerre,
Ces peuples Montagnars dont la rebellion
Fit secoüer le ioug de l'Aigle & du Lyon,
Qui pensoient engloutir les Estats de la terre:
Dijon comme le but de leur progrez fatal
Voyoit tomber sur soy l'ineuitable mal,
Que produit le debris d'vne Ville forcée,
Si ce Chef vigilant par vn trait suborneur,
Fauorable au dessein d'vne forte pensée,
N'eust remis la Prouince en son premier bon-heur.

E 3

Il est vray qu'il n'eust peu se garantir du blasme,
Dont ce traité de paix auoit terny son nom,
Si sa fin n'eust laissé de son fameux renom,
Les effets glorieux dignes d'vne belle ame:
Ce genereux Esprit animé du desir
De ioindre à ses trauaux vn belliqueux plaisir,
A soixante & quinze ans au Siege de Pauie,
Renomma par sa mort, sa valeur & sa foy;
Heureux dans ce combat d'auoir finy sa vie,
Pour n'estre pas tesmoin des malheurs de son Roy:

CHARLES DE COSSE MARESCHAL,

SOVS FRANCOIS I. HENRY II. FRANCOIS II. ET CHARLES IX.

LAsches, effeminez, dont l'ardeur empruntée,
Deguise souplement la timide Valeur,
Fanfarons despourueus de force & de chaleur,
Qui paslissez au bruit d'vne troupe irritée,
Faire bien parmy vous c'est commettre vn forfait,
Vos maximes d'honneur n'estans rien en effet,
La seule volupté limite vos conquestes,
Celuy dont vous blasmez la prudence & le cœur
Exposé aux perils, sans se faire de festes,
Merita les lauriers d'vn Alcide vainqueur.

Le Piedmont efproüua les traits de fa prudence,
Lors qu'il le gouuerna comme fon Potentat,
Et ce Païs feroit acquis à noftre Eftat,
Si le mauuais conſeil n'en euft priué la France :
L'Ibere a reſſenty ſes exploits glorieux,
L'Italie l'a mis au rang des demy-Dieux,
Et l'humide Element fut ſoubmis à ſes armes
Par les charmans effets de ſa rare Vertu,
Qu'on a veu efclatter au milieu des alarmes,
Dont le fameux ſuccez n'a peu eftre abbatu.

MARESCHAL DE MONT-LVC,

SOVS FRANÇOIS I.HENRY II.FRANC.II.CHARLES IX.ET HENR.III.

LE courage, l'honneur, les vertus renommées,
Les fortunez progrez des belles actions,
Forment dans vn efprit de fortes paſſions,
De refpandre ſon ſang au milieu des armées :
Mont-luc a beaucoup veu dans l'ardeur des combats,
De tant d'occaſions, ou l'horreur du trefpas
Fait trouuer des douceurs, dans l'efclat de ſa gloire
Il fut ſeul ſans pareil, entre tant de Guerriers
Capable de tracer la veritable hiſtoire,
De nos diuers ſuccez couronnez de lauriers.

ANNE DE MONTMORANCY
CONNESTABLE,

SOVS FRANCOIS I. HENRY II. FRANCOIS II. ET CHARLE IX.

L'Extraction, le rang, le pouuoir, l. Nobleſſe,
D'vne ſuitte d'ayeuls, les luſtres faſtueux,
Les pompeuſes grandeurs, les ſoins ambitieux,
Les charges, les honneurs, la gloire, la richeſſe,
Sans l'eſclat des vertus qui forment nos eſprits,
Sont des foibles objets de haine & de meſpris,
Capables d'obſcurcir la royalle naiſſance:
Montmorancy pour qui ie trace ce diſcours,
Succeſſeurs des Heros que reuere la France,
Meſla parfaitement l'vn & l'autre en ſes iours.

Ce Seigneur qui fut mis au rang des Conneſtables,
Autant par ſa vertu comme par ſon bon-heur,
Dans les occaſions que fait naiſtre l'honneur
Rendit aux Ennemis ſes exploits redoutables,
Son Prince abandonna à ſes ſoins nompareils,
Le ſalut de l'Eſtat, & ſes ſages conſeils
Firent perdre le crime aux Miniſtres d'Eſpagne,
Ses deſſeins animez d'vn abſolu pouuoir,
Le faiſant triompher à la pleine campagne,
Rangerent l'Ennemy au terme du deuoir.

Mais

Mais comme le destin comparise à la Lune
Par les diuersitez d'vn changement fatal,
Nostre braue Guerrier d'vn succez inegal
Souffre dans son bon-heur les reuers de fortune:
Deux combats obstinez par mauue permis,
Le liurants au pouuoir des peuples ennemis,
Dans sa captiuité la faueur de son Prince,
Fut telle en son endroit qu'il fallut par raison
D'vne tendre amitié funeste à la Prouince,
Payer de cent citez le prix de sa rançon.

FRANCOIS DVC DE GVISE,

SOVS HENRY II. FRANCOIS II. ET CHARLES IX.

Esprits contentieux qui doutez si la gloire
Des progrez d'Alexandre, ou des faits des Cesars
Est deuë à leur valeur, ou au cours des hazars
Dont l'aueugle Deesse authorise l'histoire:
Vos discours eloquens n'estans plus en raisons
Venez voir démentir vos plausibles raisons,
Par les braues succez d'vn Alcide sur terre,
Tousiours victorieux, vainement combattu,
Puisqu'aux euenemens des trauaux de la Guerre
Il mit tout son bon-heur en sa seule vertu,

F

Ce Monarque puissant qui mit l'Espagne au mode,
Qui borna ses desseins aux courses du Soleil,
Parmy tant de grands Rois qui se creut sans pareil,
De pouuoir triompher sur la terre & sur l'onde,
Dans ses pretentions d'enuahir nostre Estat,
Abordant la Prouence armé en Potentat,
Pour la faire courber sous le char de sa gloire,
Mais ce Duc opposé à son ambition,
Qui luy donnoit déja l'honneur de la victoire,
Finit cette entreprise à sa confusion.

Ce n'estoit pas assez pour l'ardeur de ce Prince,
D'auoir porté le faiz de son iniquité,
Il falloit que l'excez de sa temerité
Fisse lancer ses traicts contre vne autre Prouince:
Metz, qui seruait d'objet au nouuel armement,
Dont les rudes efforts à cet euenement
Imprima la frayeur aux ames mieux sensees,
Treuua son protecteur en ce fait si douteux,
Qu'il fit perdre courage à ses troupes lassees,
Et traisner son destin dans vn debris honteux.

Lors qu'on vit s'esleuer la brutale insolence,
Des nouueaux ennemis de la Diuinité,
Contre les saintes loix de la fidelité,
Son absolu pouuoir retint leur violence,
Poitiers qui fut l'objet de leur rebellion,
Pouuoit apprehender le malheur d'Ilion,
Si ce Prince Lorrain n'eust fait calmer l'orage:
L'Italie obligée à son effort humain,
Soulagea ses malheurs par son braue courage,
D'vn secours enuoyé au Pontife Romain.

Les sensibles malheurs qui troublerent la France,
Au choq de Saint Quantin, où nous fusmes battus,
Contraignirent le Roy, charmé de ses vertus,
De rappeller ce Prince à sa iuste deffence:
Il vint, il combatit, il fut victorieux,
Calais seruit d'objet à ses faits glorieux,
Que les Anglois auoient occupé tant d'années :
Thionville ceda aux traits de ses efforts,
On vit briller par tout nos armes fortunées,
Et peupler librement les campagnes de morts.

La Flandre redouta le progrez de ses armes,
L'Angleterre sentit les traits de son pouuoir,
L'Espagne humiliée & mise en son deuoir,
Publia sa valeur au milieu des alarmes,
Rome le reuera comme son Protecteur,
Sa vertu opposée au langage flatteur,
Suscitant contre luy l'insolence & l'enuie,
Produisit à la France vn sujet de douleurs,
Par ce monstre d'Enfer qui luy osta la vie,
Dont le coup impreueu fut fatal à nos pleurs.

CHARLES DE LORRAINE CARDINAL,

SOVS HENRY II. FRANCOIS II. ET CHARLES IX.

LA beauté du discours, les traits de l'eloquence,
Qui charment puissamment les plus rares esprits,
Le solide entretien des plus doctes escrits,
Dont nous idolatrons la douce violence,
N'ont pas tant de pouuoir sur nos affections,
Que le lustre parfait des saintes actions,
Qui change en vn moment tout l'estat de la vie,
L'eminente vertu de ce braue Prelat,
Touche plus nos désirs d'vne pieuse enuie,
Que tous les Orateurs par leur pompeux esclat.

Mais dire seulement que ce sage Genie,
Sert d'exemple & de guide aux esprits de la Cour,
Pour former des vertus vn veritable Amour,
Dans le parfait transport d'vne ardeur infinie:
C'est passer sous silence, vn solide bon-heur
Qui luy fait meriter les Eloges d'honneur,
D'estre nommé par tout le Pere de science,
Apres auoir fondé deux Vniuersitez,
Et matté l'heresie en sa foible deffence,
Luy peut on desnier ces belles qualitez?

❦❦❦

Le feu, l'hostilité, le meurtre, les alarmes,
La hayne, l'attentat, le carnage, l'horreur,
N'estoient pas des moyens pour conuaincre vne erreur
Que produit le mensonge animé par les armes,
Pour treuuer promptement vn remede à ce mal,
Poissy seruit d'azile au colloque fatal,
Ou ce docte Prelat fit teste à l'heresie,
Si l'ardeur de la foy eust embrasé les cœurs,
Laissant à part des rangs la vaine fantaisie,
Ce Monstre eust succombé aux efforts des Vainqueurs.

F 3

Cette contagion si mortelle à la France,
Au lieu de donner tréve à nos diuisions,
Fit croître le succez de ses illusions,
Apres le resultat de cette conference,
Les charitables soins des Pontifes Romains,
Puissamment employez au salut des humains,
Pour mieux trancher ce nœud si fatal à l'Eglise,
Trente fut le sejour du Concile ordonné,
Ou ce grand Cardinal poussa son entreprise,
A la destruction de ce Monstre effrené.

MARESCHAL DE BIRON,
SOVS CHARLES IX. HENRY III. ET HENRY IV.

LE tragique motif d'vne Ligue puissante,
Preoccupant les cœurs des Peuples irritez,
Mit les armes en main aux François reuoltez,
Par les traits animez d'vne fureur pressante,
L'Estat enseuely dans ses propres malheurs,
Ne nous promettoit rien que des objets de pleurs,
Jury seruit de lieu à l'injuste licence,
Qui decida d'vn coup la fortune du Roy,
Ou Biron mis au rang des Mareschaux de France,
Fit voir en ce combat sa valeur & sa foy.

CONNESTABLE DE LESDIGVIERES,

SOVS HENRY IV. ET LOVIS XIII.

LE Soleil qui fait part de sa belle lumiere,
Aux climats differens de ce vaste Vniuers,
Lance de ses rayons des esclats plus ouuers,
Au plus voisin du pole en poussant sa carriere:
Henry l'astre des Roys & l'appuy des Guerriers,
Dans le lustre parfait de ses fameux lauriers,
Rend ces braues Heros compagnons de sa gloire,
Lesdiguieres meslant ses vertus au bon-heur,
D'auoir suyui ce Prince au cours de sa victoire,
Partage auec luy ces Eloges d'honneur.

Les Sieges, les combats ou ce braue Monarque
A laissé le succez de ses rares vertus,
Par le débris honteux des Ligueurs abbatus,
Contrains d'auoir recours aux rigueurs de la Parque,
Ont esté les leçons où ce Germain de Mars
Apprit a s'exposer aux belliqueux hazars,
Animé du progrez d'vn plus grand qu'Alexandre,
Il sceut bien obeïr dans les occasions,
Il sceut bien commander, donner ordre, & reprendre
Dans les lieux destinez aux belles actions.

Loüis qui de ce Prince a receu la naiſſance,
Succeſſeur de ſa gloire & de tous ſes Eſtats,
Se ſeruit de ſon bras contre les attentats
Des eſprits factieux qui troublerent la France:
Cette rebellion cedant à ſa valeur,
Eſloigna de nos yeux les objets de douleur
Qui menaçoient nos iours de maux ineuitables:
Ce Grand Roy ſatisfait de ſa fidelité,
Eſleua ſon merite au rang des Conneſtables,
Pour le rendre immortel à la poſterité.

❧❦❧❦❧❦❧

Sa force, ſon pouuoir, ſa bonté, ſon courage
Ont conſerué l'éclat de ſon fameux renom,
Et rien dans ces grandeurs n'euſt peu ternir ſon nom,
Sans le funeſte effet d'vn ſecond Mariage,
Meilleur que ſon ayeulle : aux actions d'honneur,
Il porta ſon eſprit, & iamais ſon bon-heur
N'a ſouffert en ſes iours aucun trait d'infamie;
Mais ſa fidelité fut parfaite en ce point,
Qu'apres auoir vieilly dans l'erreur ennemie,
Du ſalut des mortels il le treuue au beſoin.

CARDINAL

CARDINAL DE RICHELIEV.

Vn grand homme d'Eſtat parlant de ce Genie,
Apres l'auoir oüy raiſonner au Conſeil,
Conclut que ce Prelat, cet eſprit ſans pareil,
S'il ſe portoit au bien dans l'ardeur infinie,
Qui deuoit enflammer ſes vertueux deſirs,
Qu'vn Peuple triomphant viuroit dans les plaiſirs;
Si au mal, que l'objet d'vne funeſte enüie,
D'enuahir tout l'Eſtat occuperoit ſon ſoin,
De dire auquel des deux il a donné ſa vie,
Ie te laiſſe (Lecteur) à decider ce point.

G

STANCES
SVR LES VICTOIRES
DE MONSEIGNEVR
LE DVC D'ANGVIEN.

 *ERE de la beauté, Roy du fort, œil du*
monde.
Courriere de nos mois, brillans Astres des
  Cieux,
Petit peuple de l'air, belle Nymphe de l'onde,
  Grands Heros, demy-Dieux.

Pompeuses nations, puissances sans pareilles,
Eloquentes douceurs, delices des François,
Solitaires vertus venez voir les merueilles,
  D'vn Fleuron de nos Roys.

D'Anguien dont la valeur anime nostre histoire,
Par l'illustre renom de ses fameux lauriers,
Esleue son merite au comble de la Gloire
  Des plus braues Guerriers.

On ne voit plus regner la barbare insolence
Des anciens Ennemis de nostre liberté,
Son pouuoir absolu retient leur violence
    Dans la captiuité.

Lors que les desplaisirs occupoient nos pensées,
Qu'vne iuste douleur accabloit nos espris,
Que nos fortes Citez se voyoient menacées
    De funestes débris.

Que nous palissions tous de frayeur & de crainte
Que la mort d'vn Grand Roy nous rendoit languissans,
Que nous croyons ceder à la dure contrainte
    De leurs traits plus pressans.

Vn Mars Victorieux inuincibles aux alarmes
Vertement opposé aux efforts de leurs coups,
Contraint les Castillans par ses naissantes armes
    A s'esloigner de nous.

Rocroy comme l'objet de leur premiere atteinte,
Honteusement fatal à leur confusion,
Ne les fit triompher dans l'excez de leur feinte
    Que par illusion.

Au bruit de leurs canons tout nostre Camp s'anime,
Et ce Prince exposé à la gresle des coups,
Engage nos Soldats, faisant passer pour crime
    De fuir parmy nous.

L'ardeur de triompher d'une troupe ennemie,
Porte ce ieune Prince au plus haut point d'honneur,
Et ses rares vertus marquent leur infamie
　　Des traits de son bon-heur.

Fontaine est abbatu, Melos est mis en fuitte,
Ils ne peuuent parer à ses puissans efforts,
Leur troupe va peupler, au desordre reduitte,
　　La campagne de morts.

Les Flamans à ce coup desnuez d'assistance,
Ne treuuans point d'azile à leur timidité,
Accablez de douleurs souffrent sans resistance
　　Les traits d'hostilité.

Mais lors que deux Soleils tout brillans de lumiere
Font sur quelque climat esclatter leurs rayons,
On tire d'vn bon-heur la consequence entiere
　　Des traits que nous voyons.

Deux beaux Astres brillans au mal qui nous deuore
Esclairent nostre Estat, pour changer son destin
On les voit tous charmans, sans fraicheur, sans aurore,
　　Brusler dés le matin.

Sous ces Auspices heureux ou nostre ieune Prince,
Triomphe au mesme temps qu'il se voit couronné,
Nous esperons l'effet dans quelque autre Prouince,
　　D'vn succez fortuné.

Vn important deſſein oocupe noſtre Armée,
Tout ſe met en deuoir d'attaquer puiſſamment,
Thionville eſt l'objet de noſtre renommée,
Et de leur monument.

C'eſt la ou noſtre Alcide anime ſon courage,
Reſolu d'emporter cette place d'aſſaut,
Il donne ordre aux trauaux & voir naiſtre la rage,
De leur propre deffaut.

C'eſt en vain que du Beck s'oppoſe à ſa puiſſance:
Il ſemble que le Ciel ne l'amene en ces lieux,
Que pour eſtre teſmoin en ſa foible deffence
De ſes faits glorieux.

Les aſsiegez contraints de deffendre leur terre
Taſchent de nous ſurprendre en nos Retranchemens,
Armez du deſeſpoir, le bruit de leur tonnerre
Choque les Elemens.

Le carnage, l'horreur, le meurtre l'incendie
Lancent les derniers traits de leur rare valeur,
Mais parmy ces combats vne main plus hardie
Amortit leur chaleur.

L'Eſpagnol affoibly trahit leur eſperance,
Contraints de ſe ſoumettre à ce braue Vainqueur,
Il tombe iuſtement au pouuoir de la France,
Par les voyes de l'honneur.

Que le peuple rauy d'vne telle Victoire,
Erige des trophées à son fameux Renom,
Que l'Estat animé de l'esclat de sa Gloire,
Eternise son nom.

Le Ciel comme l'autheur du progrez de ses Armes,
Apres ses longs trauaux accomplit son desir,
La naissance d'vn Fils luy fait gouster les charmes
D'vn solide plaisir.

Que la Grece publie & l'honneur & la gloire
Des illustres Heros de son antiquité,
Que ses sages mondains soient cogneus dans l'histoire
A la posterité.

Que la terre ayt esté le partage de Rome,
Qu'on reuere par tout ses inuincibles Mars,
La France a plus d'honneur des Armes d'vn seul hõme,
Qu'elle de ses Cesars.

Bourgongne c'est à toy de tirer aduantage,
Des triomphans succez d'vn Prince si bien né,
Puis qu'il t'a fait l'honneur de te prendre en partage
Par vn choix fortuné.

Qu'vn bigearre destin s'attache à ta Prouince,
Que tu perde en tes maux tout espoir de guerir,
Viuans dedans l'appuy des faueurs de ce Prince,
Tu ne sçaurois perir.

FIN.

www.ingramcontent.com/pod-product-compliance
Lightning Source LLC
Chambersburg PA
CBHW061659180626
46818CB00003B/1168